CANÇÃO DA MULHER QUE VIROU BARCO

CANÇÃO DA MULHER QUE VIROU BARCO

IRACEMA MACEDO

2017

InMediaRes

InMediaRes

Concepção: Maria Fernanda Macedo
Capa e projeto gráfico: Alessandra Queiroz
Diagramação: Alessandra Queiroz
Revisão: Ana Beatriz Manier e Maria Fernanda Macedo

Dados Internacionais de Catalogação na Publicação (CIP)

M141c
Macedo, Iracema, 1970-
Canção da mulher que virou barco / Iracema Macedo - 1ª edição - Nova Friburgo - RJ:
InMediaRes, 2017
153 p.
ISBN: 978-85-94016-01-0
1. Poesia brasileira. I. Título

CDU: 821.1

CDD: B869.91

Educatoris Instituto de Educação Multidisciplinar Ltda
Rua Abdo Abi-Ramia, 81
28630-090 - Nova Friburgo - RJ
www.inmediares.com.br

Ao teu demônio que me segue anos a fio

Encostei-me a ti, sabendo que eras somente onda.
Sabendo bem que eras nuvem, depus a minha vida em ti.
Como sabia bem tudo isso, e dei-me ao teu destino, frágil,
Fiquei sem poder chorar quando caí.

Cecília Meireles

índice

I

Raízes 17
Desencanto 19
Ariadne 21
Febre alta 23

II

Leto e a ilha de Delos 25
Zarabatanas 27
Fragmento do diário de Cosima 29
Retratos dos ancestrais 31

III

Lira de Eurídice 33
O retorno de Saturno 35
A fiandeira 37
O horto 39

IV

Homero 41
Luisa 43
"The woman who rode away" 45
Performance 47

V
O chafariz 49
O mapa do rosto 51
O poema de Laura 53
Treliças 55
Prisões 57

VI
Alcíone 59
Destino 61
Burka 63
Descoberta do espelho 65
Praia de Ponta Negra 67

VII
Canção da mulher que virou barco 69
A menina fantasma do internato 71
Medusa 73
O teu demônio 75
Beatriz 77
Arthur Bispo do Rosário 79
Vestuário de Sísifo 81

VIII
Um pomar no escuro 83
Branca de Neve e os sete anões 85
Bacante 87
Semente 89
Ao pé do muro 91
Lunática 93

IX
Brasas 95
As perdas 97
Canção da inveja 99
A terra e o fogo 101
Calipso 103
Invasão Ibérica 105

X
Oráculo 107
Mênstruos 109
Poema para Pedro, o muito 111
Oração a São Miguel Arcanjo 113
A chegada de Mercúrio 115

XI

Paixão em Creta	*117*
Resposta ao anjo Gabriel	*119*
Mulher da saia plissada	*121*
Iniciação	*123*
Carta para Elisabeth Bishop	*125*
Carpe Diem	*127*

XII

Poema do lobo do mar	*129*
Penélope	*131*
Idílio	*133*
Morro da Forca	*135*
Anúncio de antiquário	*137*
Lance de dardos	*139*

XIII

Clítia	*141*
Dionísio diante de Apolo	*143*
As vestes	145
A paixão no espelho	147
Bilhetinho	149
Zila	151
Santa Clara	153

prefácio

Foi dentro de um livro de Paul Auster que tive o primeiro contato com a poesia de Iracema Macedo. Eu cursava Letras e queria ler quem pensasse as cidades, a urbanização. Meu professor de literatura foi rápido em me emprestar seu livro, ele mesmo pesquisava o assunto. Dentro dele, um marcador branco, de cartolina acetinada, com um poema datilografado:

Eu só acreditava em Drummond:
o amor chega tarde
Não conhecia o amor que fulgura sem aviso
esse que se sabe proibido
o amor que já se sabe perdido desde o início
Eu não acreditava no impossível
vinha tão sóbria, tão cheia de medidas
não conhecia o esplendor da queda
nem a violência dos abismos
(DANDARA - IRACEMA MACEDO)

Fui imediatamente tocada pelo poema. Quem era essa poeta de quem eu ainda não tinha ouvido falar? Que escrevia com tanta força e precisão. Com tanta sensualidade. Que mulher era essa que se tornara tão plena ao se ver desmedida? Ela olhava com encantamento para as quedas. Via beleza no risco.

A partir de então saí em busca de Iracema. Encontrei poemas aqui, outros ali, algumas páginas na Web, um livro. Esgotado. Figuras mitológicas, mares, navios apareciam no pouco que eu lia dessa poeta nascida em Natal. Iracema navegava sem medo por suas águas. Eu copiava e arquivava o que encontrava dela. Compartilhava. As pessoas me perguntavam quem era. Por anos busquei Iracema e, aos poucos, mais um pouco dela chegava: lecionava filosofia. Morava em Cabo Frio. Mais alguns poemas em blogs, mais alguns livros que eu não conseguia comprar. Eles sempre já haviam esgotado quando eu chegava. Iracema não aparecia muito nas mídias sociais. Eu queria livros dela, queria lhe dizer quero livros seus. Mas Iracema voava.

Anos depois a localizei. Morava então no Rio de Janeiro. Escrevi, pedi poemas, livros. Não os tinha mais. Publicara Lance de Dardos, Invenção de Eurídice, Cidade Submersa, Poemas Inéditos e Outros Escolhidos, mas em tiragens que se tornavam pequenas para um número crescente de fãs. Continuei a busca por textos seus na Web e à medida que o tempo passava, mais coisas surgiam. Um dia, ao ler uma resenha que Affonso Romano de Sant' Anna escrevera sobre ela e publicara num caderno de literatura, me inquietei. Com o impacto que ele sentira ao lê-la (o mesmo que eu), escreveu:

"Seu livro Lance de Dardos, que reúne quatro opúsculos publicados desde 1991, vocês não o vão achar em livraria, porque o sistema, quer dizer, não é sistema, sistema é outra coisa, melhor dizer o esquema literário é perverso e nem sempre premia os melhores. Mas não é por isto que não vou citar essa Iracema, que nem conheço e que adoçou meus lábios com poesia."

Vou convidar Iracema Macedo para fazermos um livro de livraria, pensei. Agora que a encontrei, não vou deixá-la passar. E, assim como ela, eu e minha equipe pensamos depois, outros. Outros tantos tão bons, tão artífices das palavras, mas ainda fora do esquema por o esquema ser tão cego a quem não está mergulhado nele. Vamos montar nosso próprio esquema, pois.

Para nossa felicidade, Iracema aceitou, vibrou, participou. Reunimos poemas, os ligamos por um fio condutor, e aí está ela para você: uma bela poeta de cabelos ondulados, voz doce e palavras firmes. De olhos escuros e alma cor do mar. Oferecendo espaço em seu barco e nos levando por águas e portos por onde passa, ancora e zarpa interruptamente. Boa viagem. Aproveitem-na.

Ana Beatriz Manier
Escritora – editora

Raízes

"Para quem não tem mais pátria
talvez escrever seja a única morada."
Theodor Adorno

E me perguntam onde estou
e me perguntam onde moro
tornaram-se enfim questões delicadas
Estou morando com minhas palavras
Às vezes sede, às vezes navalha
Às vezes girassóis, às vezes asas

Desencanto

dedicado a Manuel Bandeira

Sou uma mulher vulgar
e faço versos como quem fode
sentindo prazer e dores
Eu faço versos como quem cospe
no bicho morto no meio-fio
Eu rezo terços
e chupo lâminas
Eu faço versos como quem goza
e gozo como quem glosa

Ariadne

Os túneis não te alcançam mais
nem rastros, nem restos
nem luzes
me arrasto entre novelos sujos
paredes escuras
labirintos
Há trilhos, muitos trilhos
mas não são caminhos
Mesmo assim
vivo gerando fontes e jardins
E aguardo o dia
em que voltarás
silencioso e faminto
para perto de mim

Febre alta

No forno de tua casa
quero acender minhas palavras
Nas dunas que te cercam
esconder minhas armas
De motocicleta rondas e rondas
minha juventude
pai dos filhos que não tive
pai do meu riso e pranto
Saudade de tudo que sou
e canto

Leto e a ilha de Delos

Onde andas, Netuno?
não me deixes vagando pelos mares
ancora meu corpo, prende-me
transforma-me em filha tua

Cerca-me com tuas tempestades
com tua boca encantada
nunca deixes de ferir-me
para que eu ande sempre comovida

No meio de tanto sal
dá-me náufragos, arcas
e a nudez certa para enfrentar-te

Dá-me também tuas misérias
e a firmeza com que esperas
e inventas todos os navios

Zarabatanas

Ninguém esperava mais
por esses cabelos imensos
por esses olhos de fera
esse meu ar de arco e flecha

Zarabatanas eu faço
com mãos de índio bravo
Com o curare na ponta
paraliso ventos errados
e atraio belos raios

Fragmento do diário de Cosima

Invento cadernos para entender esse homem
que me cerca

Sou uma criança que ele salvou dos penhascos
Por gratidão, tento aquecê-lo com a lã de minha vida
Protejo seus segredos, velo seu sono e espero

Ele me convida a caminhar dentro da noite
e me leva pela mão como uma filha
me finjo amiga, menina, companheira
A partir de agora,
serei a única guadiã de seus mistérios

Alguns anos se cumprirão
e ele nem imagina
o corpo de amante
que vou lhe ofertar sob as estrelas

Retratos dos ancestrais

Não idolatro rostos que abandonam
Deixarei que partam
Encherei um navio de emigrantes
os que negaram, os que fugiram
os que sufocaram e calaram

Todos, todos convocados
para o navio fantasma
Todos, todos vão embora

Velhos desde o império
Gordos homens sobre cavalos
e mulheres muito tristes

Odeio loucamente essa parede
onde eles jazem
Muros contra minha liberdade

Lira de Eurídice

Vem de dentro de mim
uma música
atravessando estradas, campos, lares

Quem pode cobrir de cinza
essa lira que arde?

Vem de dentro de mim
uma música
esbarrando em pedras
soterrando portas
destravando cidades

Dentro de mim
uma música
acesa
invade mares, rios, vales

Quem lhe ousa dar margens?

O retorno de Saturno

Saturno veio colher as romãs
brasas no pomar
Vivo nua pela casa
leio cartas, fecho as portas
Saturno me espia pelas frestas
me sussurra nomes feios
vivo cheia de varais
lampiões e pássaros acesos
Parece que estou esticada entre dois abismos
entre dois homens
entre dois vendavais
Abro a janela
encaro o deus
me vejo em seus olhos
me vejo dentro dele
Quando é que esses olhos irão me acordar?
Quando é que irão me levar?
Quieto no seu canto

Saturno me estende a mão e um cálice
e é como se a vida chegasse
silenciosa e indolor
como os milagres

A fiandeira

Eu fiaria um manto inteiro hoje
enquanto você dorme
Há lembranças que não tenho onde guardar
e que só depositaria bem numa fogueira

Não há memória, nem nomes,
nem arcas, nem caixas
que possam conter tanto furor

Eu fiaria um manto inteiro
mas um manto não serve
Poderia inventar lendas
narrar um sonho aos marinheiros
mas nem lendas, nem sonhos,
nem marinheiros poderiam exprimir
o que vivi

Eu fiaria um manto inteiro hoje
mas não serve um manto
não serve enterrar segredos numa ilha
e esperar o temporal passar

Há dias em que os raios são a única saída

O horto

Juazeiro, Juazeiro,
o peso de tanta gente
vou levando na ladeira
Imagens estilhaçadas
cacos de virgens Marias
santos decapitados
braços e pernas de gesso
corações de cera
partes que foram curadas
estilhaços de uma guerra
Mulheres vestidas de preto
dentro de mim vou levando
Cruzes pesadas, romeiros
e uma capela de Santa Clara
acesa dentro do peito

Homero

Era missão tua salvar
guerreiros do esquecimento
e depois palavras do abandono
Cantar amores e mortes
com esplendor e encanto

Trouxeste-nos porém auroras e deuses
sangue e pranto
quando era missão tua
abrandar nossas mágoas
com teus cantos

Luísa

Não sou precisa
nem sólida ou líquida
Sou matéria que hesita
entre muitas feridas
Não sou precisa
não tenho fórmula
não me equaciono
não tenho lógica,
meu caro,
lamento
não tenho siso nem senso
e ando vestida de vento

"The woman who rode away"

Vem visitar-me como sempre disfarçada
a amazona traiçoeira
nuvem, chuva, poeira, rastro
nunca chega de verdade
como a mulher mortal, carnal, corriqueira
Maldita guerreira escondida em palavras
desenhos, sombras, peixes
Que irei fazer para vencê-la?

Performance

Não é só para apaziguar
as guerras
é para mudar de rosto, de roupa
de corpo
Fraturar-se, quebrar-se
transformar-se
ser despedida e raiz
Não é só para cantar
é para mudar de ângulo
de geografia
como as nuvens mudam de forma
também mudamos de olhos e cílios
de hábitos e de lábios

O chafariz

Parece que saí de algum sonho, de alguma caverna
de algum lugar inóspito e aquecido
Imobilizado feito os corpos de Pompeia
virei uma estátua de cinza

Sou uma miragem entre os edifícios
mas tenho a realidade dos fantasmas
a errância dos bardos
a necessidade dos mendigos

Minha imobilidade é um artifício

A todo tempo oscilo
entre a inércia do meu corpo
e a fluidez do rio que abrigo

O mapa do rosto

Uma face para sofrer e perecer
outra para resistir imóvel sob a chuva
uma face feliz outra pasma
uma face encantada
outra para oferecer às explosões
navalhas
aos rios que viriam envenenados
a todo tipo de bicho
a todo tipo de ódio
a todo tipo de amor que atravessar a vidraça
e vier me ferir com seus dardos

O poema de Laura

Essa moça que amei
na tarde fria
não a amo mais

Aos poucos
estou esquecendo seu rosto
suas formas, seu modo obsceno
de gritar meu nome em meio ao gozo

Estou esquecendo suas mãos, seus gestos,
seu modo de fugir, sua alegria
A cada dia que passa
eu a esqueço mais
como se ainda fosse amor o que sentisse

Estou esquecendo as águas
onde a vi banhar-se
esqueço as vestes claras, a trança úmida,
e os pequenos defeitos de seu corpo

Se me perguntarem se era feia ou bonita,
não sei, não lembro
tampouco sei dizer se ela era triste

Mas às vezes vinha pela tarde
feito um anjo sem abrigo
e meu amor mordia suas asas

Assim, ferida, ela ficava
presa sob meus cuidados
imune à ira dos deuses e do tempo

Mas me escapou um dia
Ah, essa moça que amei na tarde fria...

Treliças

Acabei o namoro com teus olhos
O que esperar da luz entre treliças?
Chove a cântaros em Vila Rica
e a janela está fechada há séculos

De que adianta te encontrar nas ruas?
Terminei o namoro com tua alma
Cortei as cordas dessa lira

Havia pássaros entre nós dois
segredos escorriam sem paz
pelas águas perdidas

Mas agora há sossego afastando nossas vidas
Chove, chove a cântaros em Vila Rica
e nunca mais molharemos os sonhos
na mesma bica

Prisões

Antes eu era o incêndio
agora faço seguro contra fogo
contra roubos

Eu mesma era furacão
eu mesma roubava
agora apaziguo tudo e tranco

Antes eu era as perdas
agora sou vista pelo bairro, precavida,
comprando cadeados sob medida

Alcíone

Ando à procura de um espelho
que te traga
de alguém que anuncie tua chegada
um presságio, um aviso
alguma mensagem que se abra
com navalha

Se ao menos eu sonhasse
se tua imagem me desafiasse
e me seguisse
se houvesse uma urna, uma ilha
uma prisão qualquer onde estivesse retida

Se as aves te anunciassem
se tivesses um anel
se deixasses uma pista

Mas não há nada, nada
só meu silêncio
em busca de teu nome
e deuses marinhos me turvando a vista

Destino

Matei o gato, mamãe, matei o gato
mas o gato, mamãe, não morreu
passou o resto da vida
atravessando a sala
ensanguentado
Dona Chica não se espantou
e disse em tom muito sábio:
Esse bicho, Marília, não morre nunca
ou você foge ou finge suportá-lo

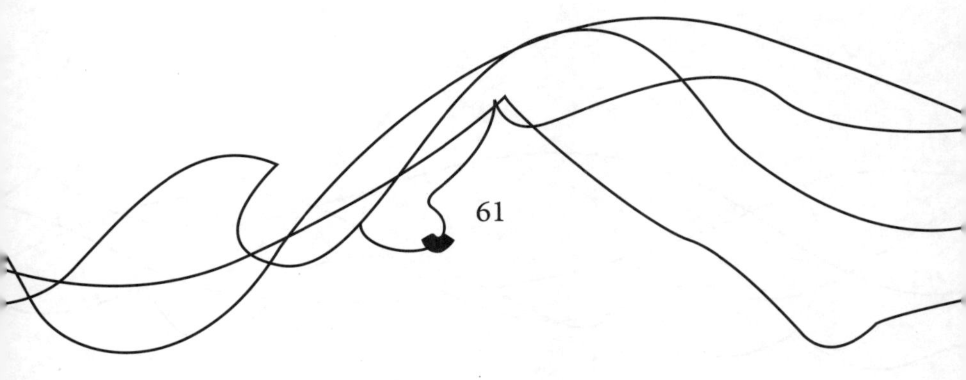

Burka

Essa estrangeira sem nome, sem rosto, sem riso
disfarça, mas me olha, de dentro do seu abismo
Ela viaja comigo: sombra calada, monja
meio fantasma, meio ferida
Sobrevivente de nada, queimada, ardida
sob véus calcada, sob véus contida
Me prendendo também
em sua cripta

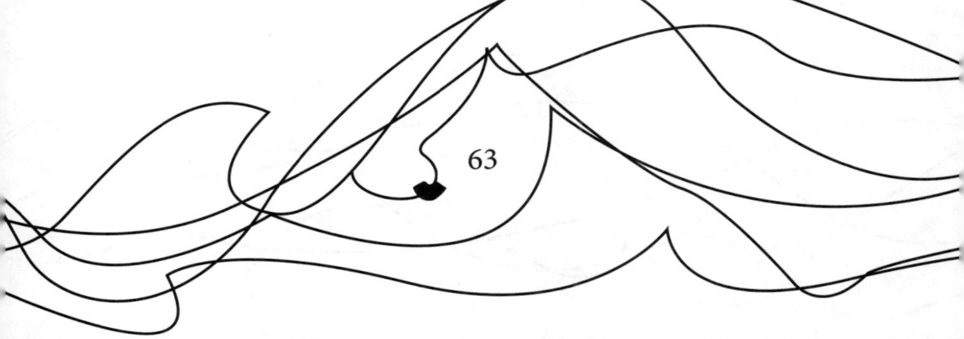

Descoberta no espelho

Tua pequena varize
se insinuando na perna
fino rio de sangue azul
onde as tristezas navegam

herança de tua avó, de tua bisavó
marca do teu trabalho
do trabalho delas
cicatriz do filho que esperaste
e das escadas que subiste

tua pequena varize
não é doença ou velhice
mas antes sinal de beleza
irmã dos rios, dos navios e da chuva
irmã de todas as coisas
que ultrapassaram limites

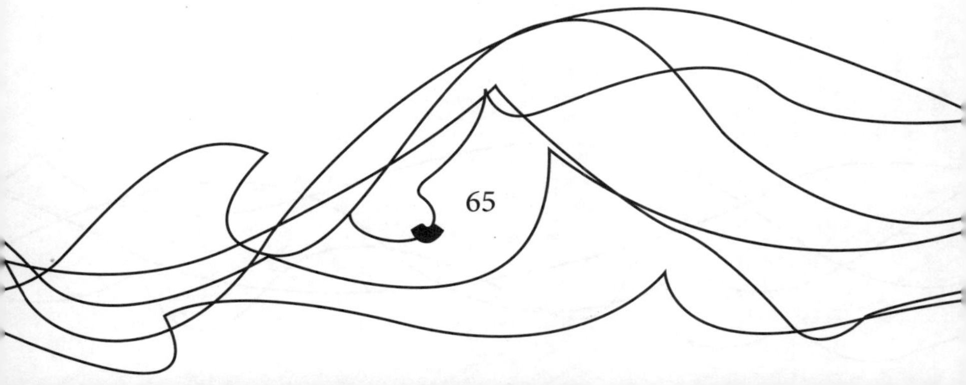

Praia de Ponta Negra

"Nada, nada, nadador..."
Jorge de Lima

Nadei tanto, tanto, tanto
fosse noite ou fosse dia
anfíbio eu era
metade água, outra terra

Sobrevivi porque contei tudo ao mar
ele sabe como respiro
guardei lá meus gritos
e misturei minhas lágrimas a seus sais

Fui queimada por algas
e, alentada pela espuma leve,
dei minha dor às ondas

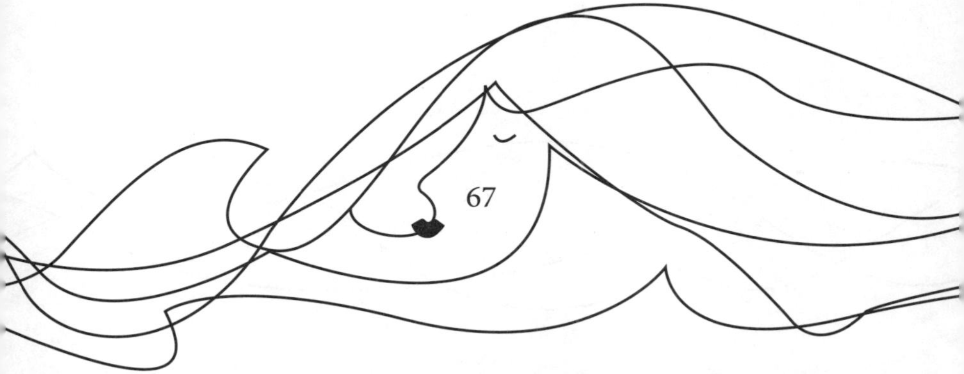

Canção da mulher que virou barco

Transgrido tantas leis
que já nem sinto
Entro em um mar de águas-vivas
que ardem, ardem, ardem
mas nem doem
parece que me alisam
com seus pelos frágeis

Cada vez me afoito mais
e não encontro margens
e não encontro porto
só encontro tempestades
onde atracar

Nesse excesso de sal
nesse mar escuro em que me perco
me iluminas com o teu desejo
me serves de farol quando anoiteço
e me guias me guias me guias
jorrando tua luz
sobre meus seios

A menina fantasma do internato

Diante das coisas mais óbvias
estanco
como se fossem abismos
Não aprendi a dar os passos decisivos
Tenho desejado corredores longos na penumbra
como nos antigos colégios
É noite, escuro
lá fora os fios da cidade não me alcançam
nem as profissões, nem o futuro
Quero ficar no colégio eterna interna
feito uma menina morta aos treze anos
feito Laura Vicunha, feito as velhas madres
Quero ficar guardada nos retratos para sempre
E com meu corpo de vento
descer e subir escadas
brincar no jardim

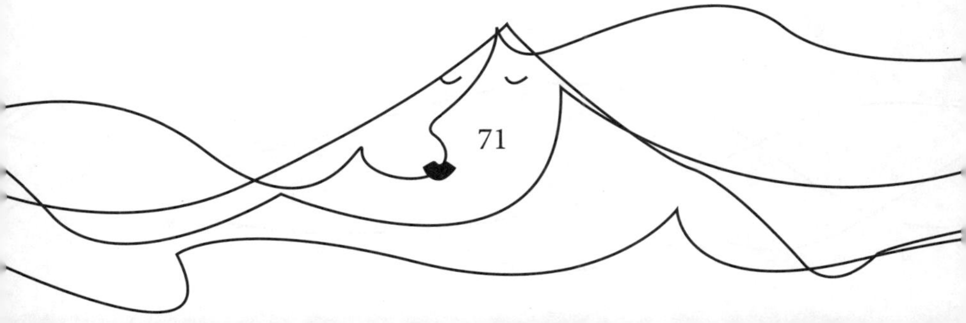

E à noite
quando todos partem
e as freiras dormem
ter um colégio
e um mundo todo para mim

Medusa

Deslizo entre tuas mãos
como um barco noturno
entre ilhas
Te apareço em sonhos
sangrando como uma ninfa

Na sombra do esquecimento
em que me alojaste
tornei-me um bicho que vive

Uma luz esquisita emana
de meus cabelos e te atormenta
Ofereço serpentes
e te assusto

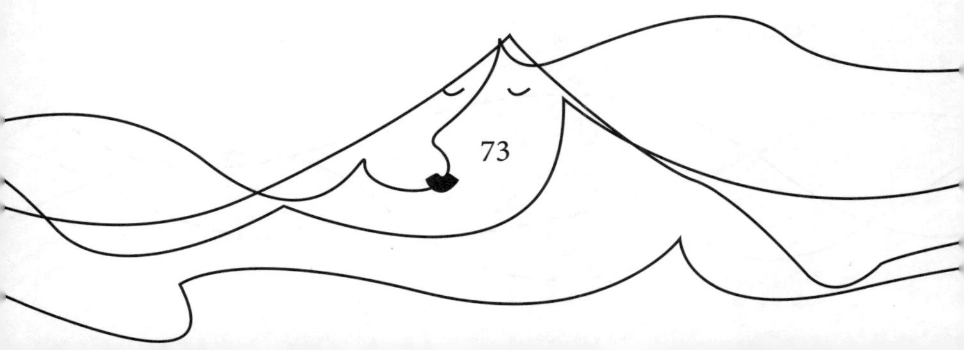

Espelho o medo que sentes
do que não podes tocar
do que não podes possuir
do que a vida é pequena demais
para alcançar

O teu demônio

O teu demônio me segue
anos a fio
Tece flores para mim
divide meu corpo em partes

Ele me culpa
acena feliz por trás das labaredas
dança ao meu redor
cresce como uma planta
aparo suas bordas seu rabo seus chifres

O teu demônio me encanta
como um retrato antigo amarelado
uma xícara de louça no mercado

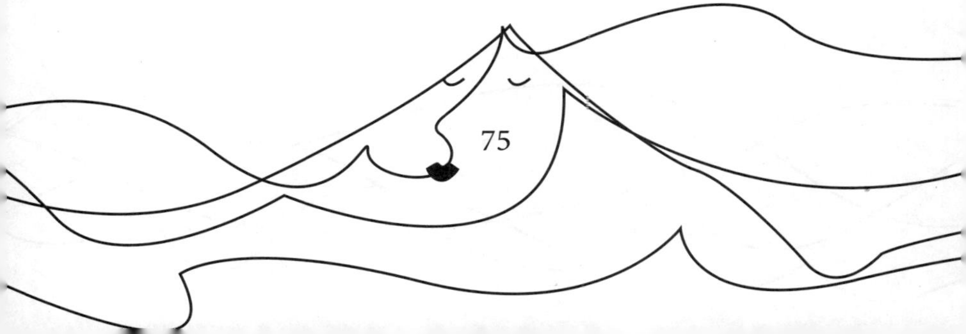

O teu demônio me espanta
canta para mim todas as noites
me arde me explora me atormenta
O hálito quente sobre a minha boca
a febre sempre

O teu demônio vai embora hoje
eu fujo dentro dele a galope
e vivo dentro dele feito um passarinho
feito uma coisa miúda enorme pobre
dilatada como um crucifixo
dura como uma esmeralda

Me esmero e espero
um dia me chamo Laura
tu me abocanhas os peitos
eu te abocanho a alma

Beatriz

Como se me preparasse para a festa
te aguardo
Não há lugar nem dia para nosso encontro
feito só de ilusão e maresia

Te espero e me apareces de súbito
retornando de uma viagem
trazendo todos os gozos
de que me poupaste

Minha ternura se abre para tocar-te
Janela aberta às aragens
Um jeito só meu de dizer sim

E há tanto riso na tua miragem
Tanta beleza sitiando a tarde
que até parece que voltaste de verdade

Arthur Bispo do Rosário

Me prendam que estou
me transformando
em rei em verso em canto
Que venham as virgens em cardumes
Que venham moinhos e gigantes
Por onde passo as coisas
hesitam por seus nomes
tal a minha fúria
Vestem-me de louco
mas sou apenas
um arquiteto de retalhos

Enquanto outros acendem
lampiões   estradas   pontes
acendo reinos dulcineias cartas
Bordo delírios em panos
De tudo que acho perdido
teço um manto e um sonho

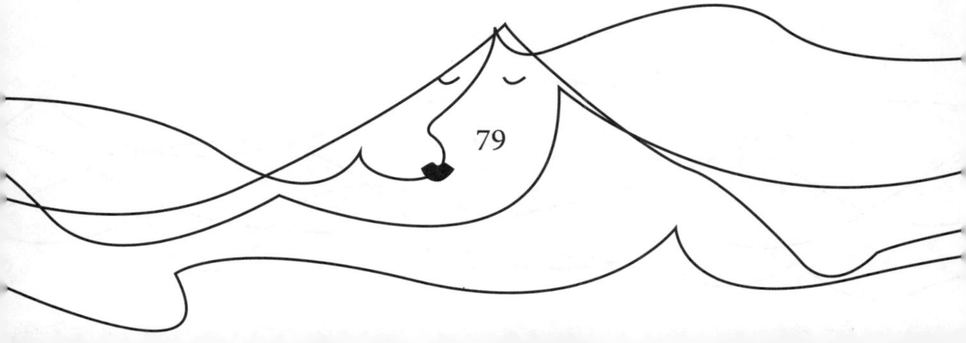

Chamam-me de louco
Quem venham as virgens em cardumes
Sou apenas
um arquiteto de miragens

Vestuário de Sísifo

estou repetindo as roupas
como se fossem farda
como se fossem fardo

estou refazendo a família
o álbum de atos ratos
e retratos

e todos os demais
hábitos e fracassos

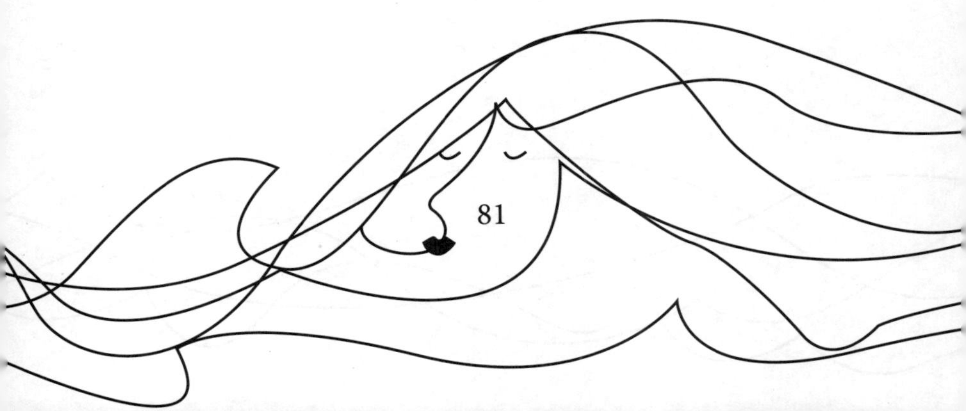

Um pomar no escuro

Marimbondos estalando pelo corpo
cacos de vidro verde sobre o muro
mínimos guardiões desse desejo
de furtar teus frutos
e desabotoar essas paredes
calhas, luzes, rochedos
que dividem e separam
minhas chamas das tuas

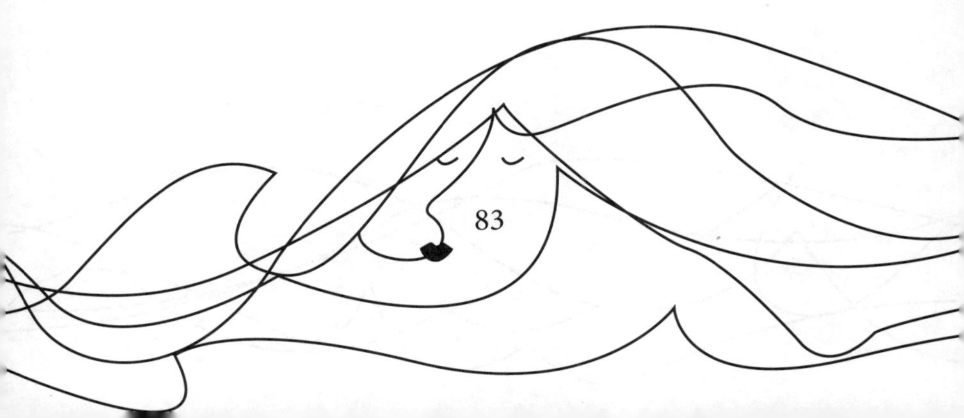

Branca de Neve e os sete anões

Os demônios brancos enlaçados aos postes
cantam e cospem
e o poço onde a louca dormia sossegada
foi medido

Os demônios brancos
esbarram em sombras enormes
e a louca canta e cospe
enlaçada aos demônios nos postes

No chão de noite tão clara
louca e demônios se abrasam
cantando cuspindo e rindo

(No meio da algazarra
acabam todos dormindo)

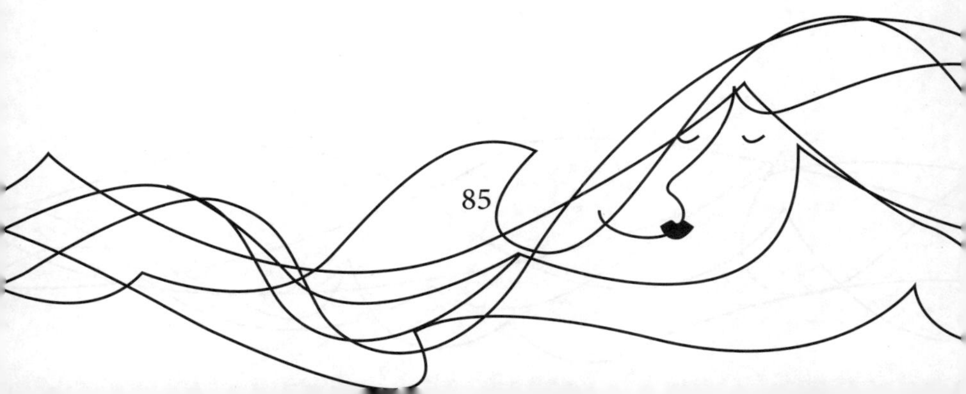

A bruxa vem de mansinho
transforma a louca em donzela
e os demônios em meninos

Bacante

Em meu ninho longínquo
inicio ventos
invento cios
canto e danço em volta do fogo
transformo meu leite em vinho
e ofereço meu corpo aos lobos

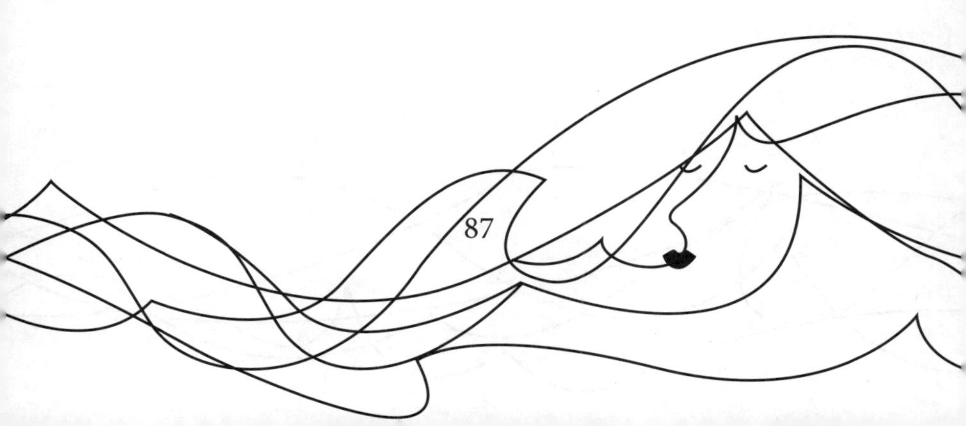

Semente

A noite desce sobre mim
e me expele violentamente
não para um mundo de senhores calmos
não para pedras e cordeiros apascentados
mas para saltos rituais macabros
fortes gritos de mulher
partos gozos

A noite me atravessa
me arremessa, draga
enquanto uma delicada fera
me toma pelas mãos
para uma valsa

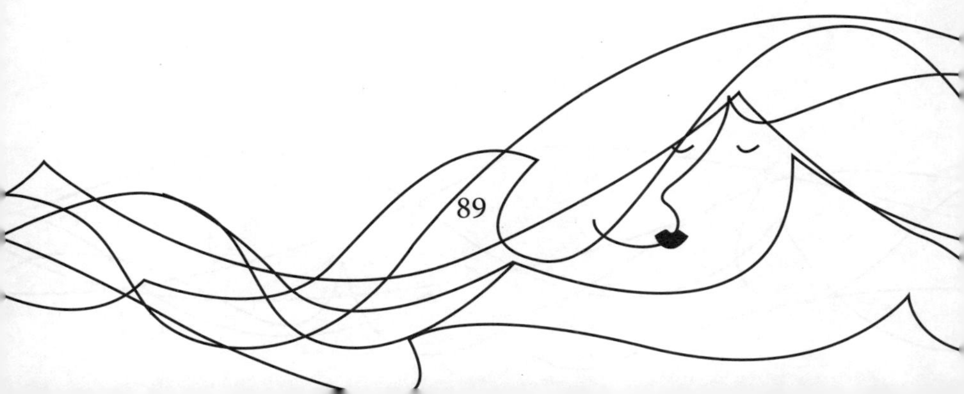

Ao pé do muro

E além do mais, eu também tenho
uma banda bichada onde um veneno fino
se destila
E essa outra banda que me salva
Pedra não é e ao perecimento se castiga
Fruta no sereno
uma parte sã, outra perdida
O que me bicha e lixa e come seco
é o que em silêncio me espanta sem que eu saiba
Pode um bico de pássaro reter o meu destino
com a doçura própria de seu timbre
Posso secar ao sol com a casca empretecida
uma banda sã, outra maldita

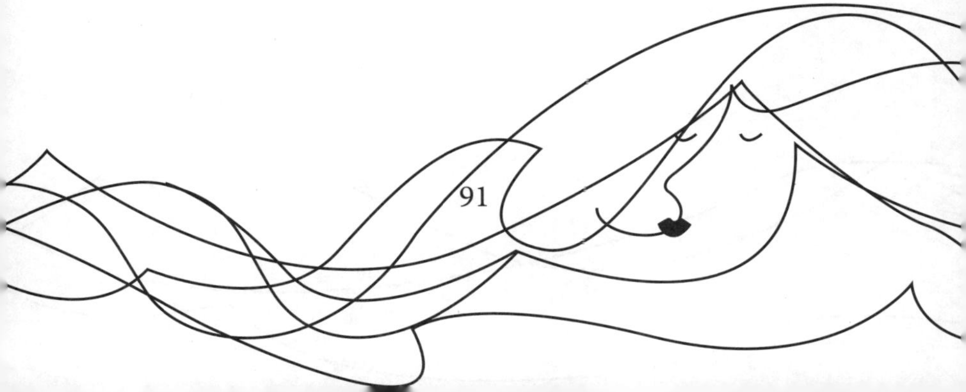

Lunática

Esqueci meu vestido
na casa do homem que amo
Esqueci os sapatos, o pente
os fios dos meus cabelos
Minha calma ficou lá estendida no quintal
entre manjericão e pitangas
Quero a brisa forte dos seus olhos
e a ventania do seu peito
destravando minhas âncoras

Brasas

Há um desejo de chuva sobre brasas
e o invasor finalmente deixou esse país
Desejo de guardar as armas
e arrumar a casa
limpar armários, trancar arcas

A matéria escura dos meus cabelos
vai descendo com o vestido até os pés
Uma monja vai nascendo de mim
blindada sob véus e espadas
Ninguém se atreva a perturbar
esse silêncio de milênios
Ninguém ouse uma palavra
contra essa escuridão
Sou um submarino inacessível
sob muitas águas

As perdas

Perdi o jogo de novo
o vencedor me acena vitorioso
rindo de meus gestos fracassados

Com a crueldade de todos os vencedores
ele me entrega um xadrez de pedra
estilhaçado
e a alegria de rainha que eu tinha
as torres os bispos os cavalos
estão caindo a galope dos meus braços

Canção da Inveja

Invejo a paz dos homens nos aeroportos
Os comissários fardados rumando para o embarque
Invejo os condomínios fechados
os apartamentos bem decorados
as casas de muro alto
com seus cães de guarda
Invejo todas as coisas normais
que a toda hora sucedem
e todos os loucos breves
e as viúvas sadias com seus netos
Sinto inveja dos animais domésticos
e dos filhos que se despedem
e seguem pra escola
E por último dei para ter inveja
dos quartos bem arrumados
dos banheiros limpos
das cozinhas azulejadas e dos eletrodomésticos

E como se não bastasse
eu que sou devastado
e a tudo devasto com minha lava
invejo meus próprios versos
e a paz daqueles que os leem
em suas casas
nos seus apês apertados
nas suas varandas amplas
nos seus sanitários brancos
nas suas invejas leves

A terra e o fogo

Terra úmida é o que sou
e tua voz me fecunda
abre fendas em mim
por onde os meninos vão nascer

Sou essa planície deitada
sob o vento forte
Esse vale que invades
sou domínio teu
Tua carne
cera sob o teu poder

Sou o que queres que eu seja
Enxame, cardume, aves
noite, noite, noite
que a tua luz esmaga sem vencer

Calipso

Quando voltavas à tua casa
era de mim que partias
eram minhas as ventanias

Invoquei tormentas
potestades marinhas
qualquer coisa para quebrar teu rumo

Mas uma frágil canoa
foi mais forte
Eu conhecia feitiço, gozo, beleza
Nada que impedisse
um homem de um regresso
Virei uma ilha, estilha, estame
uma fêmea estéril entre as ondas

E nem sabia como ser errante
para encontrar uma pátria
para inventar um porto
onde enterrar tua perda

Invasão ibérica

A Espanha e seu campo de girassóis
suas oliveiras, seus rios
seus árabes e catedrais
aportaram em mim e te querem

Todas as forças de sua arquitetura
suas casas mediterrâneas, suas torres medievais
as touradas sangrentas de Sevilha
os ciganos incríveis de Granada

por todo lado essa prece:
o meu amor é esse país inteiro te esperando

Oráculo

O pássaro no seu voo encontrará o infortúnio
Será ferido por um raio
seu coração de ave trespassado
por setas de ilusão e de beleza
Querendo o temível
e o transgressivo
o pássaro assim tão desmedido
poderá espatifar-se no rochedo
ou despencar no mar
atordoado
no voo proibido do desejo

Mênstruos

Os lençóis estão limpos
apesar dos meus mênstruos
posso chorar sobre eles
as minhas lágrimas limpas

Meus seios estão sãos
sem formações malignas
meu útero não tem feridas
Os anjos disseram que não vou ter filhos
eu que sou serva da vida

Os lençóis estão limpos
eu também estou limpa
até às tripas
Uma mulher do mundo tinha fluxos ininterruptos
tocou o vestido de Cristo e ficou sã

Eu estou sã como ela
cheia de desígnios e digna
o vinho fluindo quente
pelos lábios do sexo
a vida vil e ferida

Os lençóis estão limpos
apesar dos meus mênstruos
as lágrimas e a saliva límpidas
a noite enraizada na beleza
apesar da cólica e do sangue que me molha

Poema para Pedro, o muito

Por tanto tempo amei Pedro
que já o deixara há anos
E ainda era cedo
e não havia mais jeito
e no entanto eu amava
como uma espécie de bicho que aguarda
como uma espécie de massa descansando

E Pedro era Pedro e muitos
não era um só
mas todos que eu ia amando pelo mundo
Em cada um era Pedro
em cada Pedro um segundo
mil e único
Vento estúpido, vento estúpido,
por que me fizeste uma só para um homem múltiplo?

Por que de mim não fizeste também tantas Marias
por tantos Pedros pecada
por tantos Pedros navegada?
Ao invés me deixaste só
sendo só uma e mais nada
Quando no fundo eu queria
ser as outras Marias
que Pedro também amava
e ser as outras mulheres com quem Pedro deitava
Vento estúpido, deus do múltiplo,
tu não me deste esta dádiva

Oração a São Miguel Arcanjo

Se houver perigo esta noite,
preciso que me abrigues

Não te fies no delicado trato
que tenho com os monstros

Eles mentem
Nós mentimos, todos mentem

Se houver perigo esta noite,
não penses que sou forte
só porque vivo só
e conheço toda a ilha
e domino palavras e com elas
construo armas e escudos

Se houver perigo,
preciso que sejas meu pai,
forte, amigo,
afastando com a espada os inimigos

Preciso que pises sobre o meu terror
como pisarias mansamente
sobre um demônio adormecido

A chegada de Mercúrio

Acendes espelhos por onde passo
e mesmo em tua fúria
inventas silêncios que me acalmam
Mirantes, fogueiras, viagens
tudo me trazes nos dias em que ancoras
tua ventania nos meus braços

Paixão em Creta

Evite ruas escuras
riscos desnecessários
rotas retalhadas
atalhos
passos descompassados
bordas que não se encontram
margens que não se acham
Evite
ou realmente se entregue
se quebre
entre no labirinto do minotauro
(novelo, cara e coragem)
mesmo que sair ileso
seja raro

Resposta ao Anjo Gabriel

Agora que aprendeste a incendiar-me
e me adivinhas inteira dentro do vestido
agora que invadiste a sala e o chão de minha casa
agora que fechaste a porta
e me calaste com teus lábios e língua
peço-te afoitamente
que me faças assim
ínfima e sagrada
muito mais pornográfica do que lírica
muito mais profana do que tântrica
muito mais vadia do que tua

Mulher da saia plissada

uma cólica breve
me permitiu essa tarde
não malhar, não dar aulas
não ir ao banco, ao cinema
nem dentista, astrólogo ou mágico

ficar somente à espera
de que a dor passe
de que as horas passem
com seu aveludado rumor de primavera

uma cólica essa tarde
me libertou de ter amigos
partos, livros, raios, marido
trabalho, pasmos

me libertou até do mistério
da vestimenta dos reis

essa tarde só esse ventre
escoando
luzes cor de púrpura se pondo

um corpo assumindo sua dor
sobrado quieto fechado
onde móveis sólidos e mudos
dialogam sozinhos com o passado

Iniciação

Enquanto ele acalma os olhos com colírios
recito o poema de Laura
desfilo sem pudor
em sua frente
exerço meus ritos, meus mitos
meus vícios
Me atiro inteira
trapezista de circo
e meu salto deixa os marujos confusos
mancho os lençóis com meu sangue
me entrego
sinto o fulgor gelado do champanhe
Não tenho mais medo nem susto
por entre atalhos escuros e secretos
um homem belo me busca e me fareja
cegamente escravo dos meus versos

Carta para Elizabeth Bishop

Há fantasmas, sim, cercando a casa
e bichos mortos e cães furiosos
Mas há também bons espíritos
aterrando o medo
E o desejo louco de viver feliz
numa cidade noturna acesa contra tudo

Carpe Diem

Não precisa ser um longa metragem
pode ser um curta
sem nenhuma tempestade
há de ser suave
romance, amizade
ou affair
sem eternidades
Beijo, gozo, toque
um mistério a mais
ou viagem
Não precisa ser nenhum milagre
pode ser só um riso a dois
à tarde

Poema do lobo do mar

Como proteger-me desse lobo que vem vindo
Em que ilhas poderei me ocultar
em que barcos ousarei fugir
desse lobo que domina os barcos e as ilhas?

Reúno roupas negras faca escudo
De que adianta enfrentá-lo do meu jeito
se ele me despe do jeito que ele quer?

Como proteger-me dessas ondas
de prazer que ele traz em suas brisas
De que vale feri-lo com meus versos
De que vale me lançar ao mar

Se não há como esconder-me de mim mesma
do exílio que sinto quando fujo
da vontade que tenho de ficar?

Penélope

Se me chegasses no fim desta tarde
eu queria ser outra
não essa estranha que sou em meio à chuva

Se me pudesses ver no fim da tarde
eu fugiria
com medo que minha tristeza te assustasse

Se soubesses o que passo
eu diria: não é verdade

Iria encontrar um jeito de enganar-te
e disfarçar-me

Mas jamais, jamais
deixaria que me visses
sem que a fascinação me abençoasse

Idílio

Entre notícias antigas e muralhas
construí com você
um amor feito alucinadamente de palavras
Meus versos seduzem os seus
seus versos aliciam os meus
Coloquei nossos livros juntos na estante
para que se toquem
e se amem clandestinamente
durante as madrugadas

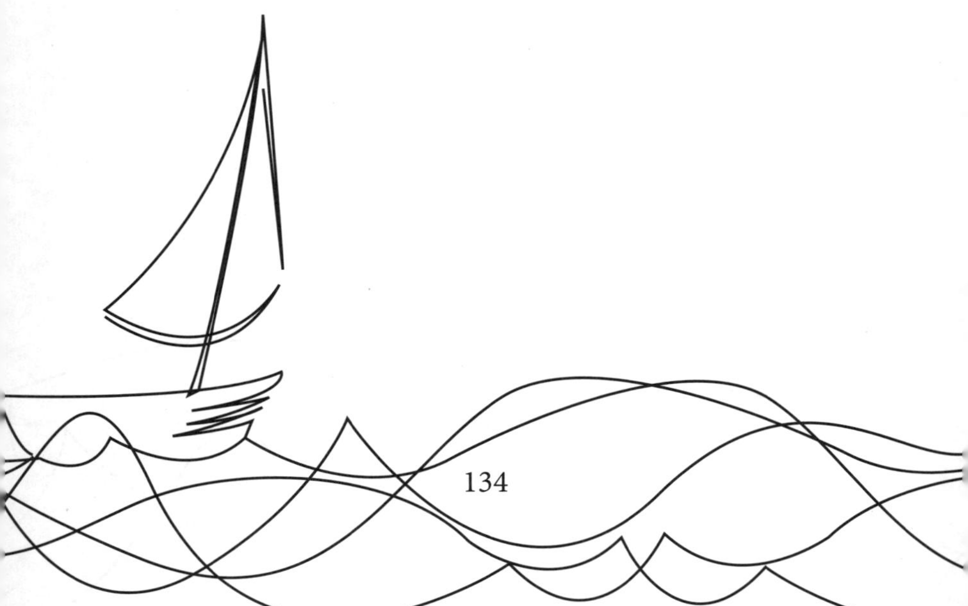

Morro da Forca

Minha coragem me deixará leve
suspenso entre olhares abismados

Pela última vez ouço o vento
Basta uma corda, basta um salto

E nunca mais as igrejas
e nunca mais essas ruas
e nunca mais a volúpia do sol
sobre minha carne

Talvez seja só um exílio
uma leveza erguida sobre as pedras
um modo desconhecido de ser pássaro

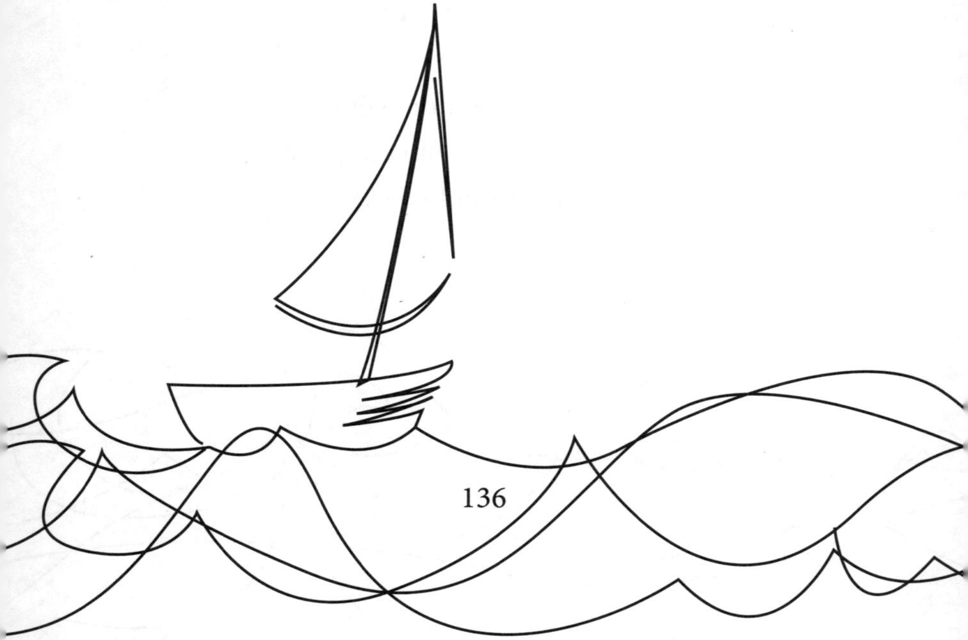

Anúncio de Antiquário

Aceito toda forma de dor
Guardo os cacos, os fracassos
Coleciono toda espécie de trapo
baús, lustres, quadros
bibelôs despedaçados

Até navios desaparecidos
guardo

Aceito cores de todos os retalhos
todas as roupas vividas
chapéus de gente antiga
relógios, violas, rádios

E os desejos perdidos
debaixo dos guarda-chuvas
risos que ficaram presos
dentro dos porta-retratos

Aceito o que foi pisado
mutilado, abandonado
Aceito, como um oceano,
toda forma de naufrágio

Lance de dardos

Como se fossem de mármore
os dardos duram dentro de mim
perfeitos
Aprendi com eles a lançar-me e a ter medo
a me esconder dos nomes
Aprendi com os dardos
uma espécie de vida iluminada
Uma sutileza para arremessos
Estratégias de ataque
fugas
um modo impecável de me abrigar da chuva
Aprendi também uma crueldade
e uma coragem toda feita de começos

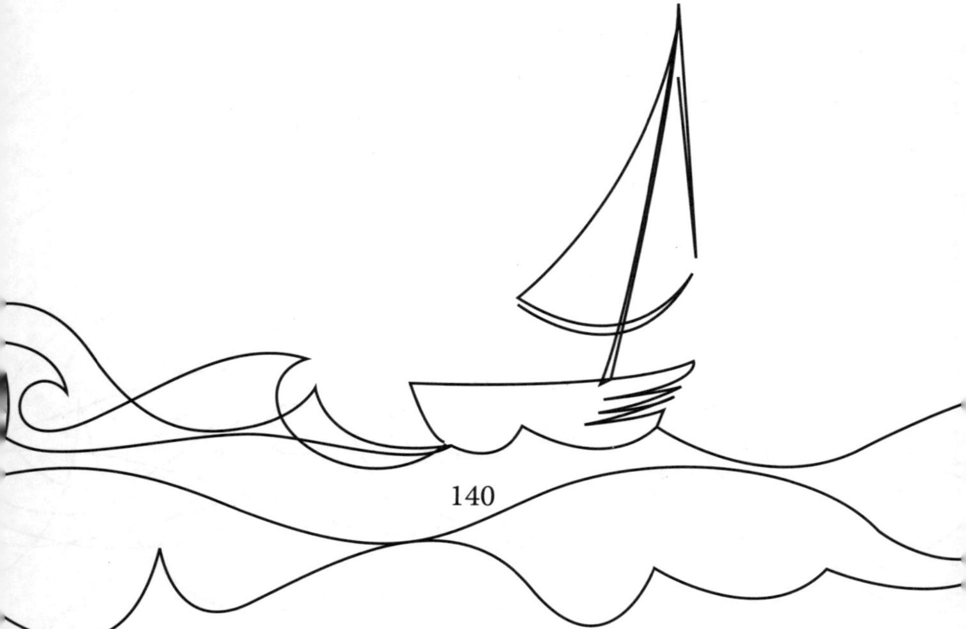

Clítia

Estou atada a um destino
como a um rochedo
Por séculos serei um girassol
acorrentado à luz

Amigo Prometeu, tu que roubaste
o fogo dos deuses para colocá-lo
no coração dos homens,

liberta agora meus olhos dessa escravidão

Preciso curar-me, amigo,
dessa claridade
Quero sombras para drenar
essa luz que não me dá sossego
Ensina-me um jeito de abrandar
o fogo e de expulsá-lo

Preciso de trevas para o meu desejo

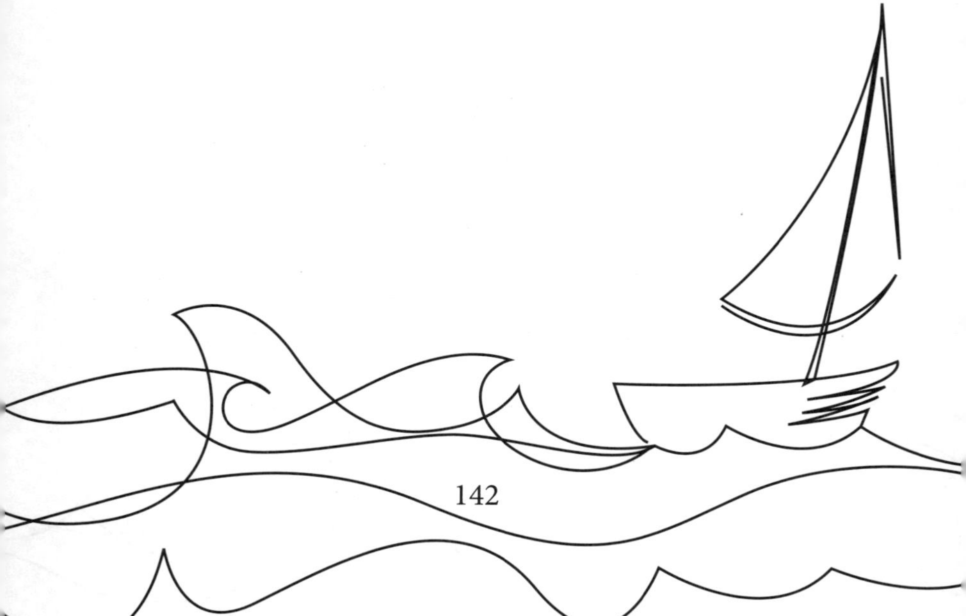

Dionísio diante de Apolo

Agora que acalmaste meu tornado
e que aceitei tua flecha
sobre a minha carne

Agora que me fecundaste com a medida
e que me deste margens
Agora que pousaste a mão
sobre o meu medo

Vês como as palavras nascem de mim
pausadas
e como tornei-me brisa
ateada sobre o pranto?

Desde que me concedeste tua máscara,
deus solar,
a noite que eu trazia
perdeu o gume terrível

Vem, amigo, vem ver
como mesmo diante do sangue
tornamos bela
a dor para esses gregos

As vestes

Enfrentei furacões com meus vestidos claros
Quem me vê por aí com esses vestidos
estampados
não imagina as grades, os muros
o chão de cimento que eles tornaram leves
Não se imagina a escuridão
que esses vestidos cobrem
e dentro da escuridão os incêndios que retornam
cada vez que me dispo
cada vez que a nudez me liberta dos seus laços

A paixão no espelho

É como se eu cantasse sozinha dentro de uma gruta
e uma matéria nua me cercasse

Dentro em pouco serei uma mulher
de cabelos mais longos
estilhaços de alegria me atingindo por todos os lados
Meus olhos, habitualmente pretos,
ficarão mais pretos ainda
Uma vontade sem medo de enfrentar os que chegam
e abençoar os que partem

É como se eu dançasse sozinha numa rua escura
e beijasse Lázaro
e me entregasse às feras
e aprendesse a dormir com as tempestades

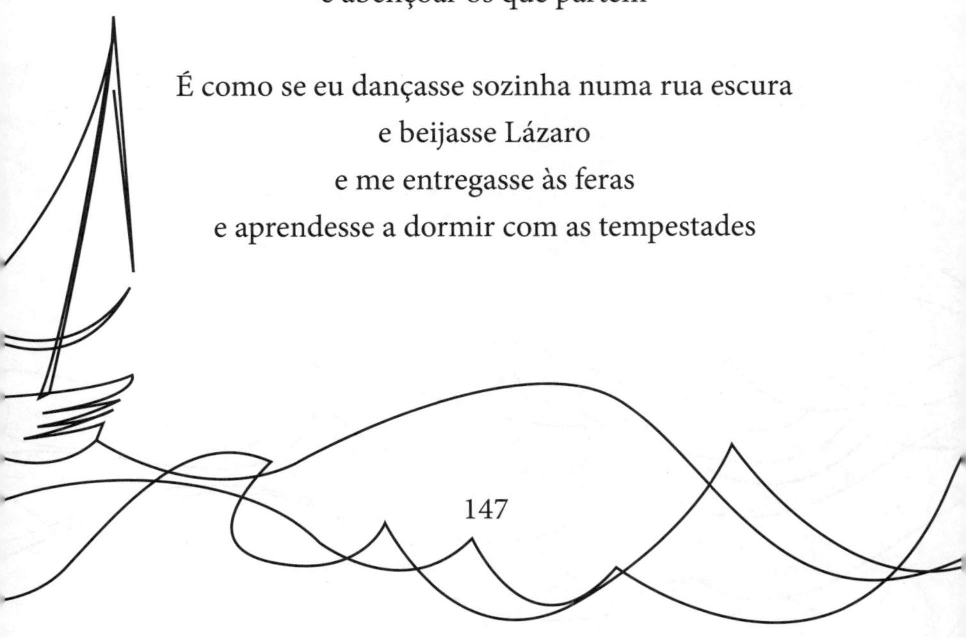

Bilhetinho

Quando eu morrer,
mesmo em tristeza devastada,
morrerei da alegria de terem sido possíveis:
o amor, a incerteza e a aventura de ser carne
em meio a tantas pedras

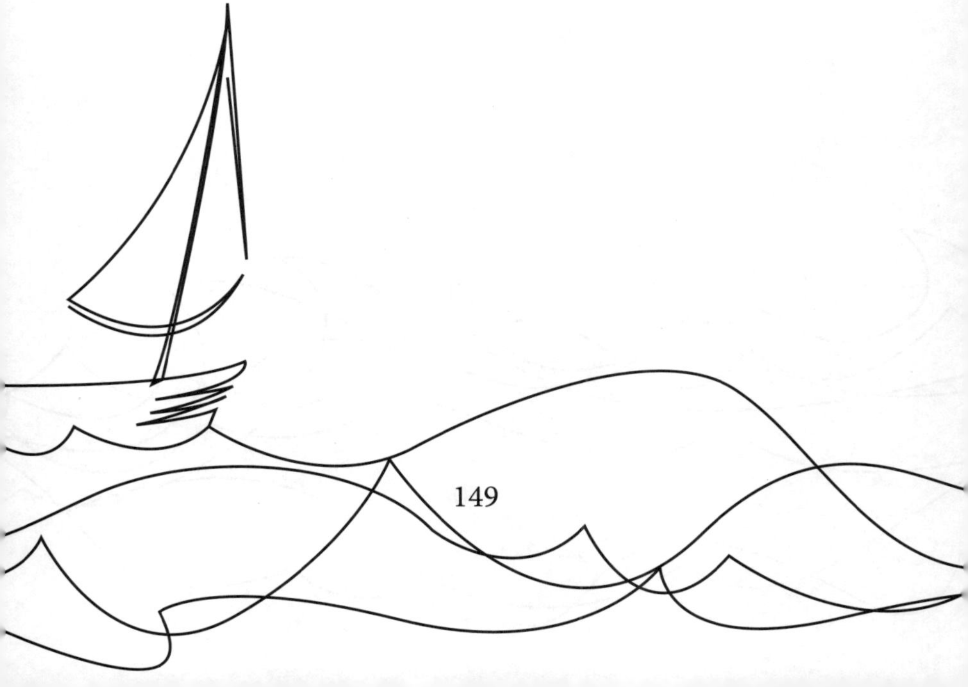

Zila

Nessas águas que entrei a vida inteira
não busquei nem arcas, nem peixes, nem tesouros
Só quis a branda viração das ondas
e a branca luz dispersa sobre o mar

Tentei achar um abrigo
Me queimei em caravelas
Senti dor, medo, frio
Esqueci todo perigo

Nessas águas que entrei
aprendi a ser espuma
Aprendi com as ondas a perder e a perdoar

E quem aprendeu assim a navegar
quem se apartou da terra desse jeito
não sabe mais como voltar

Santa Clara

Amanheci de um modo novo hoje
as luzes de sempre
não me prendem mais com suas âncoras
queimei as lanças
e fui deixando para trás
a casa, o pátio, a aldeia
docemente ensolarada

Rasguei as certezas
enterrei os vestidos
e agora tenho por riqueza o vento
que sustenta os pássaros

INFORMAÇÕES SOBRE A INMEDIARES

Para conhecer outros títulos e autores
da InMediaRes Editora visite nosso site:

www.inmediares.com.br

Ou nos encontrem nas redes sociais:
Facebook - Instagram - Twitter

InMediaRes